Niccolo Puccini

Di alcune cose che potrebbero tornare a utile de' contadini in Toscana

Antigonos

Niccolo Puccini

Di alcune cose che potrebbero tornare a utile de' contadini in Toscana

Ristampa immutata dell'edizione originale del 1839.

1ª edizione 2024 | ISBN: 978-3-38605-335-8

Antigonos Verlag è un marchio della Outlook Verlagsgesellschaft mbH.

Verlag (Editore): Outlook Verlag GmbH, Zeilweg 44, 60439 Frankfurt, Deutschland
Vertretungsberechtigt (Rappresentante autorizzato): E. Roepke, Zeilweg 44, 60439 Frankfurt, Deutschland
Druck (Tipografia): Libri Plureos GmbH, Friedensallee 273, 22763 Hamburg, Deutschland

DI

ALCUNE COSE

CHE POTREBBERO TORNARE A UTILE

DE' CONTADINI

IN TOSCANA

Ogni qual volta io ripenso che sono nato, e
vivo in Toscana, ove un principe emulando la
gloria del gran Leopoldo, anzi che attendere a
passatempi ed a caccie, ha voluto che la più
bella gemma della sua corona fosse il prosciuga-
mento della Maremma, riscattando per tal modo
alla civiltà una delle più belle parti del regno: ove
la nobilissima accademia dei Georgofili con sapienti
ricerche ed esperienze tenta riporre in seggio
onorato lo studio per il passato negletto dell'Agri-

coltura : ove un marchese ricco d'ingegno è di studi , e ciò che più importa di fede e speranza in una data perfettibilità del genere umano, ha abbandonata la bella ma neghittosa Firenze , e, con esempio lodato da molti imitato da nessuno, insegna dai colli del suo Meleto cosa debba operare il facoltoso, che vuole la felicità del popolo ; alla vista dico di tanti elementi fecondi per il beneficio futuro dei nostri villici, io sento l'anima mia innalzarsi con gratitudine al sommo Dio, ispiratore d'ogni bene nel cuore degli uomini, e lo ringrazio d'aver prediletta della sua grazia questa beata Toscana , figlia primogenita d'Italia, che ha tante glorie, da esser venerata . Ma poi che cessò nel mio cuore il sentimento della gratitudine e dell'ammirazione, l'animo mio domanda forse con troppo ardire, se niente altro rimane a fare in un tema di tanta importanza; e se ciò che fino ad ora fù fatto abbia giovato direttamente, o indirettamente; e se il colono a cui Dio affida la cura della creazione abbia diritto di lamentarsi della Società che riceve tanto da lui e gli dà sì poco .

Qui bisogna che io dichiari, che le mie parole non si rivolgono a quei proprietari superbi od arroganti, che imbestialiscono contro i contadini , giudicandoli sempre ladri e birbanti, o sivvero che pensano che essi non sieno uomini, ma solo macchine da lavoro; ma mi rivolgo a quelli spiriti buoni ed eletti, ai quali il secolo ha affidato l'apostolato della nuova riforma rurale.

So bene che alcuni contadini non sono buoni, ma i mezzi, con cui vengon corretti son tali, che gli rendono peggiori anzi che migliori: so che molte delle loro imperfezioni derivano o dall'ignoranza, o dalla miseria, e che queste talvolta ponno più attribuirsi al proprietario che al colono: e so certo che fino a tanto non cessi lo scandaloso divorzio, non potrà sorgere alcun bene universale. Sorga adunque la nuova alleanza, che cementata sulle dottrine del Cristo conduca concordia e fratellanza fra proprietario e sottoposto; e da questo mutuo scambio d'amore vedo nascere una pace, che non potrà che migliorare i futuri destini della Società; la quale, non sò con quanto senno, ha fino ad ora tenuto a vile il contadino, che aveva vesti e maniere rozze, senza considerare che col cambiare di queste in più gentili, il colono dovrà perdere l'amore a quella frugale semplicità, che unica potrà fargli amare il lavoro; e sebbene fosse detto che il lusso non è pernicioso nei contadini, io, che abito continuamente in mezzo ad essi, tengo argomenti fortissimi in contrario, e me ne appello ai parrochi e ai giusdicenti delle comuni. Vorrei dunque che d'ora innanzi il proprietario tenesse in buon conto il colono, il quale in ricambio amerebbe il suo principale non essendovi che la legge d'amore che abbia eternamente governato il mondo; ed allora il colono sarebbe sperimentato docile agli insegnamenti, grato alle benevolenze; ma torno a dire, che vi vuole molta pazienza, perchè egli non ha avuto tempo di venire fra i nostri collegi ad imparare quello, che noi chiamamo l'educazione; e rozzissimi essendo gli arnesi del suo mestiere ragion vuole, che anche le sue maniere abbiano del rozzo e del salvatico; ma anche a lui Dio fece un cuore, e guai a chi non sa leggervi. Vorrei in tanti scritti che leggo d'agricoltura si rivolgesse più spesso il discorso al colono, e che ad esso si parlasse, ma in un linguaggio che potesse intendere, e di cose che gli giovasse sapere; non di tante sperienze straniere, che come dice egregiamente il conte Eutimio Carnevali nelle sue Osservazioni sulla Agricoltura Toscana, o non sono per convenire ai nostri sistemi agricoli, oppure non havvi il torna conto. Vorrei che non si consigliassero alcune semente o piantagioni, che quando l'utile fosse d'entità pubblica, e palpabile: che gli si dicesse se tu pianterai barbe bietole, vi sarà la tal fabbrica che le riceverà nel giorno, che tu vorrai consegnarle, per convertirle in zucchero: giacchè per foraggio non vi sarà mai convenienza, che vinca quella della rapa, che vegeta a maraviglia nel terreno, ove ha nell'anno stesso prosperato il grano, e che resiste ai maggiori freddi del nostro clima; dico che il colono ha bisogno di realizzare a pronti contanti sul primo mercato il sudore della sua fronte, onde provvedere alle prime necessità della sua esistenza, e che se gli verranno consigliate cose che egli non trovi utilissime, perderà pazienza con quelli che gli parlano di novità, e si dichiarerà nemico eterno delle innovazioni.

Per tutte queste ragioni ho detto, che tengo opinione, che quanto fino ad ora fù scritto non giovasse direttamente ai contadini, ma che fosse però adattato a ritornare in loro vantaggio indiretto per quanto avessero saputo profittarne i proprietarj; i quali tranne molti, che onorano il paese, trovo, che avrebbero un gran bisogno d'istruirsi in fatto di cose agricole: perchè il progresso non potrà risentirsi, che dall'istruzione simultanea e reciproca del proprietario e del colono; ad uno la teoria, all'altro la pratica, e dall'unione di queste emergeranno fatti nobilissimi per la scienza pratica.

Non siavi alcuno che creda, che io la volessi far da critico, quando consiglio ai proprietari a consacrarsi esclusivamente allo studio dei propri campi; a far tesoro dell' esempio del nostro M. Ridolfi, convivendo per qualche tempo nel convitto di Meleto, e giovandosi dei di lui studiatissimi esperimenti; e così a poco alla volta anderebbero a cessare i fattori, i quali, tranne pochi che sinceramente io apprezzo, credo piante inutilissime e talvolta parasite, come l' esempio ha più d'una volta dimostrato; e non sò con quanto senno alcuni attendano a servire aziende pubbliche, o private con minor salario di quello che danno ai loro fattori, e non si accorgano che oltre a perdere la libertà e l'indipendenza tolgono con non molta carità a tanti che non sono ricchi la risorsa degli impieghi. Non conosco a quando rimonti l' uso del fattore, ma certo mi giova credere che fosse quando il ricco era impedito a vacare ai suoi negozi, perchè costretto a difendere l' impero ed il feudo, ed a servire la patria nelle consulte e nei parlamenti, o quando gli sterminati possessi sembrava che generassero bisogno di simili; ma ora che le leggi hanno provveduto alla divisione dei beni, credo che pochi si troveranno in simile necessità; e bene credo sia da proporsi ai signori Toscani l'esempio dei signori Romagnoli, che ho sempre trovati sui pubblici mercati, niente vergognosi di mercanteggiare bestiami e derrate; ed a coloro a cui rimanesse grave l' attendere ai propri negozzi non saprei consigliare che gli affitti annuali, che credo tornino molto vantaggiosi all'economia pubblica, quando da una parte il proprietario non imponga gravezza al villico, e che questo a vicenda tenga buon conto del fondo a lui affidato; nè credo che si possa del tutto valutare l'obietto di coloro, che vanno screditando gli affitti, perchè ingiusti nella tassazione, la quale quando sia desunta da un ventennio parmi che racchiuda ogni garanzía per l'affittuario; ma molte volte accade che il proprietario o l'affittuario manca alle condizioni stabilite dall'equità, o dalla *buona tenuta* dei campi, e poi si accusa e si scredita ingiustamente il sistema degli affitti; i quali torno a dire credo che giovino assai all'economia pubblica, perchè il contadino si fa più solerte ed industrioso, ed acquista quel coraggio che non gli puol venire dalla mezzería. Non per tanto d'ora innanzi vi saranno i cattivi affittuarj, come per il passato, vi furono i cattivi mezzajoli; ma raro però sarà l'esempio di buoni contadini che sieno divenuti cattivi fittajoli, quando sieno mantenute le condizioni di sopra menzionate come giustissime; e dacchè nel mio paese incominciarono gli affitti, fummo tutti testimoni di una singolar miglioría introdotta nei nostri campi, quella cioè del vangare ogni anno metà delle terre, la qual cosa feconda le medesime in un modo mirabile; e però vedo difficile che vi si possa sostituire il coltro alla vanga, che non pertanto riconosco per il miglior aratro fino ad ora praticato; e poichè i contadini riguardano con molta ragione la vanga, come il migliore istrumento della loro professione, e l'amano con passione, direi quasi con entusiasmo, non so comprendere il vantaggio che ne torni dal parlargli di macchine, o d'altro simile che venisse a rendere inutile il loro lavoro; e dal non trovare i contadini allegrissimi e in mezzo ai canti, che in tempo delle più dure fatiche, parmi che ogni cuor più sensibile possa persuadersi, che quelle fatiche non arrecano gran disagio: e non so se quando il contadino sarà dispensato dai suoi travagli sarà più virtuoso, e piuttosto le passioni ingagliardite da questo stato di riposo non sorgeranno più vigorose a guastargli l'intelletto; inoltre non sò se guadagnerà dalla parte della salute, la quale vediamo continuo infievolirsi fra troppe delicatezze, mentre quella dei nostri grandi antenati reggeva con più leggiadría il ferro, che noi non facciamo la tela. Io deploro quel giorno, seppure verrà, nel quale uno o due contadini ajutati da macchine potranno far quello a che ora son necessarie sei o otto persone. Sembrerà per un momento che ne cresca ricchezza al proprietario, indipendenza al colono, ma il contratto sociale ne verrà ogni giorno a soffrire: vedremo la miseria, poi la disperazione del povero, che non avendo, come dice Rousseau, che mangiare, mangerà il ricco; perchè la società è a un dito della sua perdita, quando il principio della superbia e dell'egoismo vi trionfò, e l'egoismo marcia a gran passi alla conquista della nostra felicità, non solo per gli interessi materiali ognora crescenti, ma per la soverchia introduzione delle macchine nelle più minute necessità della vita.

Dall'aver detto che di molte cose non parlerei al contadino, parmi che molti dovranno dire, o di quali gli parleresti, ed in qual modo? e quanto al modo non temo rispondere che lo farei per mezzo di un giornale: e quei molti che scorgono nei troppi giornali una piaga del nostro secolo, si rifiuteranno a vedere il contadino col giornale alla mano, come i nostri eleganti col *Nazionale* o la *Gazzetta* di *Genova*. Ma io dico che il più agevole e speditivo modo di educare il popolo tanto alla morale che ai mestieri sarebbe questo di piccole pubblicazioni domenicali, che occuperebbero al popolo molto di quel tempo, che dissennatamente vediamo spendere in giuochi, o gozzoviglie; ma questo secolo ha tanto orgoglio, mena tanta boria, che non trova gloria in un semplice articolino che potesse tornare utile ai bisogni del popolo. Però il mio cuore spera in Dio, che vorrà ispirare una qualche grande virtù ad occuparsi di questa missione, che la corruttela dei nostri giorni rende omai necessarissima. Il giornale per la campagna dovrebbe essere mensuale, dovrebbe esser d'un foglio; non dovrebbe parlar di politica, perchè le leggi che reggono la colonía in Toscana sono tanto protettrici, che non vi rimane che desiderare, e un principe generoso ha dato ai villici maggior libertà ed indipendenza coll'ordinare, che sia allivellata gran parte dei beni dello Stato; non vorrei che ne fosse gratuita la distribuzione, perchè l'uomo s'affeziona maggiormente alle cose che paga; ma il contadino dovrebbe di per se associarsi, e pagare solo le spese della carta e dell'impressione, dacchè la composizione degli articoli dovrebbe esser del tutto fatta senza mercede; dovrebbe avere in fronte i Santi del mese, le fasi della Luna, la levata del Sole, l'ave maria della sera; supplirebbe per tal modo a tanti pessimi lunari che crescono, e mantengono l'ignoranza nelle campagne. In tre classi bramerei divisa la materia; — nella prima, che vorrei che fosse tutta di morale, si dovrebbero combattere tanti pregiudizi, che tuttora durano nella campagna con danno del buon costume come di streghe, fattucchierie, incantesimi ec. ec. con danno del buon senso come d'influenze lunari, di giorni nefasti ec. ec. che tolgon talvolta buone giornate al lavoro, e lasciano decorrere un tempo preziosissimo che più non torna; ma questi pregiudizi anderebbero atterrati, sradicati con la scure dell'amore, dello scherzo, della persuasione, perchè altrimenti o lasciano il tempo come lo trovano, o lo peggiorano. Ed a mantenere nel contadino l'amore al lavoro, vorrei che gli fossero rammentate le sante parole di Dio, con le quali si promette eterna benedizione e pace a coloro che bagnando la terra di sudore rendono più conspicuo il miracolo della creazione coll'eterno riprodursi delle messi: — nella seconda con parole semplicissime, e non scientifiche sarebbe bene che il contadino fosse instruito di quelle cognizioni di fisica e di chimica che hanno rapporto allo sviluppo del germe, alla formazione dei letami, ed alla azione generosa che questi esercitano sui vegetali; ed in questa materia converrebbe esser diffusi, perchè vediamo continuatamente

le più dissennate pratiche con danno non indif-
ferente della nostra agricoltura, ed assai cose
utilissime gli si potrebbero dire a correggere la
imperfetta formazione dei vini, ed a migliorare
i tagli dei Boschi, e la potatura dei legni migliori come ulivi, viti, frutti; ec. ec. e molto egli
prenderebbe in grado il nuovo giornale quando
egli leggesse degli articoli, che gl'insegnassero
a conoscere le malattie dei propri bestiami,
e queste curare senza ricorrere a quelli igno-
rantissimi medici, dai quali riceve sempre speranze, che rado gli partoriscono consolazione:
e molto gli andrebbono commendate le praterie
naturali, ed artificiali, come mezzi ad aumentare
il bestiame, e crescere gli ingrassi alla terra. La
terza parte dovrebbe contenere i prezzi delle
granaglie e delle carni delle due città di Firenze
e Livorno, i prezzi de' vini ed oli, e le speranze o i
timori dei rincari, o rinvili; l'annunzio di nuove
semente e colture che una lunga esperienza avesse
mostrate utili ai nostri usi, ai nostri bisogni; il
nome di quei contadini che si fossero insigniti per
virtù pubbliche, o di famiglia, e di quelli ancora
che con singolari industrie avessero fatto fruttare
il suolo in modo mirabile; questo ecciterebbe
emulazione che è sempre seme di gloria o di virtù;
ed a volere che il nuovo giornale arrecasse buon

frutto e non disanimasse il colono e' non dovrebbe condannare come da alcuno si è fatto, le
pratiche tutte esistenti nelle nostre campagne,
che sono bene da correggersi perchè imperfette,
ma non del tutto da cambiarsi, giacchè vediamo
continuatamente i forestieri affluire in questa
Toscana, e partirne ammirati delle nostre colture; ma non so poi in che modo alcuni dei
nostri forse per troppo zelo, o per amore di novità ci rimandano a scuola dai forestieri, e in
tutto vorrebber mettere del francese, e dell'in-
glese, ove non indovino quanto sarà facile che
i nostri villici vi trovino il torna conto; un bul-
lettino agrario dello stato mensuale della campagna, e l'annunzio delle fiere, ed il prodotto delle
medesime, come egregiamente ha fatto il conte
Serristori di quella di Prato, dovrebbe terminar
il foglio; ma coloro che volessero occuparsi di uno
scopo tanto importante abbandonino le città, e
prendan vita in campagna, che i bisogni dei campi
e dei loro cultori non si conoscono così per
fretta. Vorrei che alcune persone si portassero
dagli onorabili vescovi del nostro paese, e questi esortassero a nome del Vangelo e del ben
pubblico, a chiamare presso di se i parrochi
più conspicui della Diocesi, ed interessargli alla
diffusione ed intelligenza del nuovo foglio: perchè

sarà vano sperare miglioramento nei contadini, fino a che non starà a cuore ai Sacerdoti che questo avvenga; io ne conosco uno dei Vescovi, la cui modestia vuole che ne taccia il nome, che mi ha fatto sperare di volere nel suo Seminario aprire un corso Botanico-Agrario, acciò i suoi Sacerdoti, che in maggior parte appartengono alla campagna possano a questa ajutare e soccorrere col lume incoraggiante delle buone dottrine; e sebbene alcuni ministri della Chiesa vanno dicendo in qualche parte che non debbono i Preti prendere interesse alle cose del mondo, io rispondo ad essi col Vangelo alla mano, e coi comenti che a questo sapientemente fece l'onorabile Pietro Losana Vescovo di Biella in una allocuzione che commosse una nuova Scuola d'Arti e Mestieri aperta testè nella sua Diocesi. Che Dio gli santifichi il cuore, e benedicendo il suo zelo, lo faccia esser seme di messe migliore.

Ora vorrei proporre una cosa che non sò quanto potrà incontrare, ma che a me sembra avesse a partorire frutti non dispregevoli: vorrei che previe le superiori approvazioni, e concessioni, si formasse una società almeno di trecento proprietari che pagando uno scudo all'anno anticipatamente, formassero un peculio fruttifero di Scudi 300. e con questi si costituissero o sei o otto premi annuali coi quali si venissero a premiare quei Contadini che essendo associati al giornale mostrassero avere in cura le nuove dottrine. Parmi di non alzare di troppo le mie speranze col dimandare che 300. proprietari versino un miserabile scudo all'anno, quando le più piccole città di Toscana spendono ogni Carnevale uguale e maggiore somma per sentire stridere da donna o da uomo una qualche aria di musica Italiana : e siccome giova sperare che nelle maggiori città si troverebbero i maggiori soscrittori, così vorrei che i 300. si formassero in 5 o 6 comitati o comizzi, o perchè niuno si spaventi in 5 o 6 riunioni, che convocate 4 volte all'anno discorressero delle cose agrarie della loro provincia, e presa cognizione dei miglioramenti avvenuti, e dei contadini che questi effettuarono, questi proponessero alla rimunerazione della Società direttrice che sederebbe a Meleto, o ai Georgofili, o dove fosse creduto, o pensato meglio; e dei frutti di questi denari, o delle mancanze di titolo alla rimunerazione si potrebbero stampare ottimi ma semplici librettini, da diffondersi a pochissimo prezzo fra i soscrittori del giornale. Ora mi scordava dire che la società avrebbe a portare il nome di Società d'Incoraggiamento dell'Agricoltura. In un suolo ardito come il nostro a profondere somme imponenti in imprese le più rischiose, ho voluto proporre questo esperimento, che con scarsi capitali potrebbe raccogliere frutti vistosi, e forse l'esempio non andrà perduto per chi si facesse a meglio proporne, a meglio eseguire. La Toscana come tutti sanno è un paese più agrario che manifatturiero; non gli togliamo una delle sue più belle qualità, che l'assicurano da tante commozioni che vediamo frequenti nei paesi che ci avvicinano; però concorriamo per quanto è in noi a tenere in onore una professione che promette alla Società maggiori virtù d'ogni altra, e non soffriamo che mentre da ogni lato vediamo profondere premi ed onori ad arti di lusso, e non sempre necessarie, debba poi rimanersi inonorata, e quasi avvilita, quella che è la più santa, la più nobile, e indispensabile al genere umano; e vo certo che il vostro cuore andrà fastoso, e contento d'avere asciugata la fronte del contadino col serto d'onore, d'averlo chiamato in faccia alla Società per gratificarlo di benevolenza e d'amore.

Questo mio scritto comparisce senza nome, perchè io non ho scritto per vanagloria, ma per desiderio di bene; perchè coloro che dovranno giudicarmi essendo miei amici, mi giudichino senza parzialità. Ho scritto in furia, e come la penna getta; non si badi al mio stile, alle mie parole; un altra volta prometto far meglio: nè tampoco se io ho emesso dell'opinioni contrarie ad altre che abbiamo lette, e provate, perchè io rispetto tutti, e solo domando che altri mi tolleri, e mi comporti. Raccomando questo mio Scritto al buono ed egregio Ridolfi, al Capponi, al Lambruschini, al Malenotti, al Ricci, all'Onesti, al Rossi, al Serristori, al Vieusseux, i quali se giudicheranno bene di dare sviluppo alla Società d'incoraggiamento, o al giornale, mi troveranno pronto con molti amici ad ajutarli con ogni calore. Gli amici del pessimismo scherniranno questi progetti di bene, come sogni di fanciullo malato; ma la buona coscienza m'assicura, e mi fà forte; e in questo secolo d'egoismo l'anima mia si è rivoltata, il mio cuore mi ha consigliato la fede, ed ho sperato nell'ajuto di Dio, che saprà tuttora operare cose mirabili a benefizio dell'uomo.